KB196364

감정 많은 사람

파울 클레, <우산과 함께>, 1939

감정 많은 사람

박용하 시산문

달아실

파울 클레, <노란색 표지판>, 1937

서문

P는 감정 동물이다.

그는 여러 감정을 데리고 일생을 여행하는 사람인데, 자신의 감정을 지배하는 주인이기도 했으나 어떨 땐 그저 감정의 지배를 받는 감정 하수인에 불과했다.

어떤 감정은 일생이 다 가도록 그 위세가 수그러들 줄 모른다. 적개심과 승부욕을 비롯해 악감정은 힘이 세도 너무 세다. 감정 왕국의 친위대처럼 증오와 혐오와 원한의 감정은 또 어떻겠는가.

P는 감정 많은 사람이다.

극미 감정 다발 전신 방열 폭죽 동물이다. 그는 좋게 말하면 감정 부자인데, 수시로 감정이 들끓다 못해 뒤집힌 적도 여러 번이며 그럼에도 그런 감정 동무들과 뒹굴면서 이날 이때까지 온 게 이변이고, 어쩌면 운이 좋았다고 할 수밖에 없다. 지 감정대로 살았으면 모가지가 성치 않았을 것이며 이렇게 살아 숨 쉬고 있는 것도 감정대로 살 수 없었기 때문이고, 감정대로 살지 않았기 때문이다. 그렇다고 기운생동하고 천변만화하는 절대 생물인 그 불굴의 감정이 어디 갈 리 있겠는가. 몸과 함께 생의 마지막까지 갈 것이다.

감정을 드러내지 않는다고 있는 감정이 없는 감정이 되지는
않는다.

감정을 휘두르는 사람과 감정에 휘둘리는 사람과 감정을 살
살 달래는 사람과 감정을 장난감 다루듯 갖고 노는 사람이
있다.

당신은 어떤가?

2025년 2월
박용하

차례

그웬 존, <미술가의 방 한구석>, 1909

의자와 책상

첫 직장에 출근했을 때 내 의자와 책상이 있었다. 가서 앉을 데가 있고 그 책상 위에서 일을 할 수 있다는 것은 삶의 또 다른 세계였다. 그리고 무엇보다 중요한 월급이 꼬박꼬박 나왔다. 직장의 내 의자는 머리를 기대고 잠시 눈 붙일 수 있는 높이의 의자가 아니었지만 내 옆의 부장님 의자는 머리를 기대고 잠시 눈 붙일 수 있는 높이의 의자였고, 그 더 옆 국장님 의자의 높이는 머리를 편히 기대고 잠을 자는 데 아무 이상이 없었다. 의자를 돌리면 머리가 의자 속에 파묻혀 보이지 않을 지경이었다. 어떨 땐 의자와 책상의 크기가 사람의 크기를 대신한다. 나는 머리를 의자에 대고 잠시 눈 붙일 수 있는 의자의 높이에 이르기도 전에 쫓겨나고 말았다.

사람을 참담하게 하는 방법도 여러 가지일 테지만 그가 앉아 일하던 의자와 책상을 하루아침에 치워버리는 것이다. "너, 그만 일해!"라는 말보다 의자와 책상을 치워버리는 게 훨씬 모욕적이다. 그가 있을 데가 없는 것이다. 숨을 쉬듯이 의자와 책상이 있어야 하지 않겠는가. 의자와 책상은 내 피와 뼈처럼 내 삶에서 떼어놓을 수 없는 절대의 존재다. 나는 집으로 돌아와 내 책상 앞 의자에 앉아 이 글을 쓴다. 사람들은 자기가 앉아 있을 의자와 책상을 위해 살아간다. 어떨 땐 투쟁한다. 전쟁한다.

내 책상 위는 나만의 왕국이다. 나는 내 책상 위에서 가장 멀리까지 여행한다.

손

집을 수 있는 것은 잡을 수 있는 것이고, 자주 잡을 수 있는 것은 그만큼 애용할 수 있는 것이다. 꼭 그렇지는 않지만 애용할 수 있는 것은 사고 칠 수 있는 것이기도 하다. 애용과 악용은 등때기와 배때기처럼 한 몸에 붙어 있다. 칼이 그렇고 방아쇠가 그렇고 버튼이 그렇고 핸들이 그렇고 돈이 그렇고 술이 그렇다. 말이 그렇고 펜이 그렇고 뇌가 그렇다.

사람을 추켜올릴 때 엄지척한다. 엄지손가락으로 죽음을 명하기도 한다. 인간이 네 발로 기어 다녔다면 이 행성을 말아먹을 정도로 인류가 번창하지는 않았을 것이다. 사람을 구하는 손으로 사람을 죽인다.

사고 치지 않으려면 손이 없어야 한다. 그래서 사고 치는 인간의 손을 먼저 압수하지 않던가. 포승줄과 수갑으로도 모자라 심지어 지구의 어떤 곳에서는 아예 손을 잘라버리기까지 한다. 하지만 그건 너무 하지 않는가.
손 없이 세수를 하란 말인가.
손 없이 국수를 삶고 손 없이 맥주를 마시란 말인가.
손 없이 사랑하란 말인가.
(그렇다고 남을 해한 그 나쁜 손을 아무렇지도 않게 그냥 둬도 된단 말인가!)

집히는 것은 잡힐 수 있는 것이고 붙잡히는 것은 사고를 당할 수도 있는 것이다. 하지만 이 불어오는 바람과 저 흩어지고 뭉치는 구름이 사고를 당했다는 소리를 들어봤는가. 어느 햇빛 맑은 날, 바람에 앙증맞게 흔들리는 빨래를 집고 있는 빨래집게는 무엇을 집거나 잡기 위한 의욕의 과잉으로부터 한 발 옆으로 빗겨나 있지 않은가. 아이들 옷이라도 붙잡고 있는 날은 이 세상 가장 눈부신 광경에 속한다.

내 손은 어떤 손인가.
하찮아 보이는 빨래집게가 묻고 있다.

요하네스 페르메이르, <우유를 따르는 여인>, 1660

무기를 만들고 악기를 만들고 생사를 제조하는 손.

손의 영혼이여.

손의 위대함과 불순함이여!

마음

바람 센 날 시골 마을 길바닥에 나뒹굴고 있는 스티로
폼 박스를 자동차 바퀴로 나 몰라라 뭉개며 지나가는
사람이 있는가 하면, 잠시 차를 멈추고 내려 박스를 옆
으로 치워 고정해놓고 지나가는 사람이 있다. 그런가
하면 차바퀴에 뭉개져 나뒹굴고 있는 스티로폼 조각조
각은 물론이고 알갱이 하나하나까지 콩알 한 알 한 알,
쌀알 한 알 한 알 주워 담듯 스카치테이프에 묻혀 쓰레
기봉투에 담아가는 사람도 있다.

나는 어떤 사람이며
어떤 인간의 마음인가.

시골 논둑의 무성한 풀을 일일이 예초기나 낫으로 깔
끔하게 베는 농부가 있는가 하면, 제초제를 자신의 논
둑에 뿌려 누렇게 해놓고 농사짓는 사람도 있다. 그 제

파울 클레, <이전 시대의 빛>, 1933

초제는 우선 자신의 논으로 들어갈 것임에도 그렇게 한다. 자신의 가족들이 먹는 다른 논엔 제초제를 뿌리지 않을 수도 있겠다. 제초제를 안 쓰고 일하는 농부가 가끔 허리를 펴는데 보기에도 힘들어하는 반면, 제초제 뿌리는 농부는 허우대가 멀쩡하다.

우리는 어떤 사람이며
어떤 인간의 마음인가.

지상의 유일무이한 화가

해바라기가 한 바탕 피어 있는 길을 사심 없이 터벅터벅 걸어가는 것만으로도 온통 행복한 기운에 휩싸이는 사람은 말할 것도 없이 행복한 사람이다. 그런 사람에겐 발길, 손길, 눈길 닿는 곳마다 신비 아닌 게 없다.

"해바라기는 동물이다. 시간과 공간을 건너뛰며 세계를 헤엄치는 동물이다."

극미 감정 동물 P가 빈센트 반 고흐의 <해바라기>를 보고 한 말이다.

많은 화가들이 정물을 그렸다.
고흐가 그린 해바라기는 정물이 아니라 동물이다.
피가 흐르고 감정이 격동하는 동물 말이다.
고흐의 그림 속 나무들 또한 열혈 동물들이다.

감정이 요동치고 뇌가 뛰노는 동물 말이다.

해바라기를 보는 것만으로도 즐거운 사람은 즐거워하
는 사람이다.
그런 판에 온통 해바라기가 그득하게 피어 있는 밭 앞
에선 어떻겠는가.

빈센트 반 고흐, <해바라기>, 1888

폰 세상

네 사람이 카페에 앉아 술을 마신다. 술 마시기 위해 모여 있는 게 아니라 어디까지나 대화하기 위해 술 마시는 것이다.

안 그런가. 혼술이 멋으로 있겠는가. 혼술도 자신뿐만 아니라 어쩌면 자신 너머의 세계와 독대하기 위해 마시는 것일 게다.

네 사람 중 두 사람은 상대방의 말에는 관심이 없는지 고개를 푹 숙이고 폰에 열중하고 있다.

지금부터 십여 년 전 일이지만 이게 뭔가 싶었다.

*

4인 가족이 식사를 하기 위해 식당에 앉아 있다. 서로 살갑게 대화를 하는 게 아니라 각자 스마트폰에 집중하고 있다.

연인끼리 카페에 앉아 각자 스마트폰에 몰두하고 있다.
"왜 만나나!" 싶지만 사실이 그렇다.

네 사람이 카페에 앉아 술 마시던 날로부터 십여 년이
지난 뒤의 현상이다.

사람과 사람이 대화하던 시대에서 사람과 사물이 대화
하는 시대로 급변했다.
이제 폰 없이 무슨 일을 할 수 있겠는가. 폰을 잃어버리
는 일은 뇌를 잃어버리는 일이며, 남의 폰을 압수하거나
도둑질하는 일은 남의 뇌를 가져가는 것이나 마찬가지
인 세상을 우리는 살고 있다.

오스카 슐레머, <저녁 식사>, 1935

불안과 공포

불안과 공포가 맞장 뜨면 누가 이길까요. 불안을 지지하는 자들은 크게 보면 공포도 불안 속에 포함돼 있는 걸로 봐야 한다고 우기고, 공포를 지지하는 자들은 아무리 불안 불안 해도 공포 한 방의 위력을 불안은 당해낼 수가 없다고 주장하네요. 그러거나 말거나 불안과 공포는 이 세상과 세계에 들러붙어 있는 인간의 삶과 죽음처럼 떼려야 뗄 수 없는 근친 간이라고 하는 사람도 있겠지요.

불안이 P를 지배하던 시절이 있었다. 그 위력이 얼마나 대단했던지 불안의 영향력 없이는 하루 이틀, 한 달이 온전치 못했던 시절이었고 공포는 언제 뇌를 녹일지 알 수 없는 페스트 같은 거였다.

우리는 불안과 공포를 먹고 입고 껴안고 잔다.

에드바르 뭉크, <불안>, 1896

불안과 공포, 두려움 없이 어떻게 이 삶을 지나가겠는가.

치안이 미치지 않는 심야의 우범 지대 어둑한 뒷골목에서 무얼 맞닥뜨리게 될지 알 수 없는 한 사람의 심경 같은 게 불안이라면, 인적 뜸한 산길에서 무방비 상태로 급작스레 마주하는 들개 무리 같은 게 공포일 것이다. 꿈속일지라도 호수에 빠져 허우적대며 이빨 달린 물고기들에 성기를 물어뜯기는 게 공포가 아니면 무엇이겠는가.

나

'나'라는 폭력을 들고 길거리로 나선다.
'너'라는 폭력이 '너라는 나'를 들고 길거리를 활보한다.

나를 데리고 간 곳은 또 다른 나가 우글거리는 너라는
나라였다.

나는 너, 그, 그대, 당신, 우리라는 이름으로 불리기도
한다.
'나'라는 독재자가 군림하는 나라에서 타인의 목소리
를 듣는다.
식물과 동물과 광물과 기체의 목소리를 경청한다.
기적 같은 일이지만 불가능한 일만은 아니다.

내가 바뀌는 데, 나를 바꾸는 데 평생이 걸렸습니다.
일생 내내 바뀌어야 했습니다.

알브레히트 뒤러, <자화상>, 1500

나는 그렇게 바뀌기/바꾸기 힘들었습니다.

그것은 어쩌면 평생이 걸려도 불가능한 사업일 것입니다.

너

내가 나를 생각하는 시간보다 너를 생각하는 시간이 더 많았던 날들이 있었다.

내가 나를 멍하니 놓고 있을 때도 내가 나를 송두리째 떠난 게 아니듯이 너를 의식하지 않을 때도 너를 향한 생각이나 염원을 방치하거나 말살시킨 건 아닐 게다.

나만 있고 너는 없는 세상이 무슨 소용이며 너만 있고 나는 없는 세상은 또 무슨 소용인가.

어떤 너는 나의 분신처럼 떼려야 뗄 수 없는 빛과 그림 자마냥 한 몸이고 붙어 다닌다.

그런 나도 나를 방치하다시피 살았던 날들이 있고, 까맣게 너를 잊고 산 날들도 헤일 수 없이 많다.

너를 향한 기다림과 그리움이 식어가고 더 이상 어떤 기다림과 그리움도 움직이지 않는다면 살아 있다 해도 산송장이나 다름없을 게다

아서 해커, <갇혀 버린 봄>, 1911

끼니처럼

남녘에 함박눈이 천지 사방을 뒤덮는 속도로 시의 페로몬을 방사하는 시취屍臭 비너스가 산다는 소문이 손가락 끝 갈라 터지는 꽁꽁 언 이 내륙까지 쳐들어온다.

영嶺의 동쪽엔 '무한의 반지름'이 동해 수평선에 곧잘 출몰한다는 풍문이 심심치 않게 영의 서쪽으로 당도한다.

북방에 자신의 피부를 뚫고 나온 시詩라야 타인의 피부에라도 가 닿는다는 전언이 아무르 호랑이처럼 야밤에 어둠의 옆구리로 들이닥친다.

서쪽에 해먹은 것도 해놓은 것도 없이 세월만 해먹은 골수가 내놓을 게 시 두 쪽밖에 없다며 은거한다는 소식이 간간이 들린다.

세상의 평판과 인심과 상관없이 자기 목소리를 내며 묵묵히 시의 길을 가는 저력 있는 시인들이 있다는 느낌을 드물게 받는 겨울 서녁이다.

이 모든 사연들이 읽든 쓰든 시를 끼니 대하듯 하는 사람에게나 일어나는 희귀한 일임은 말할 것도 없다.

요하네스 페르메이르, <회화의 기술>, 1666~1668

문신 같은 그림

어린 날이었다.
식탁을 가진 집이 거의 없던 시절이었다.

무슨 성스러운 의식을 치르기라도 하듯 다섯이거나 여섯 아니면 일곱 명인 식구가 멍석에 빙 둘러앉아 삶은 감자를 양재기 한가득 밥상에 올려놓고 침묵은 금이라도 되듯 말없이 부지런히 뜨거운 감자를 호호 불며 먹던 엄숙한 여름 저녁이 있었다.

그런 저녁으로부터 십여 년이 흐른 후, 빈센트 반 고흐의 <감자 먹는 사람들>을 보게 되었고, 더 훗날에 접하게 될 그의 여러 다른 그림보다도 먼저 이 그림이 문신처럼 몸에 각인되었다.

빈센트 반 고흐, <감자 먹는 사람들>, 1885

골목길

그 골목길엔 호화롭지 않은 행복이 숟가락 오순도순 오가던 식탁마냥 여러 해 놓였었다.

사람들은 인정이 있었으며 격의 없이 인사하던 골목에서 각박하게 살지 않았다.

사는 방식이 달라지고 인심이 흩어지고 언제나 거기에 있을 것 같았던 감정은 세월의 때를 타게 되었다.

오랜만에 힘들게 찾아간 그날 그 골목을 돌아 나올 땐 내가 찢어질 것만 같았다.

인간관계를 절단내듯 눈물을 찢어버리고 왔다.

다시 여러 해가 차곡차곡 쌓이는 동안 띄엄띄엄 그 골목을 생각만 했다.

요하네스 페르메이르, <골목길>, 1658

돌에게

그 개울 바닥에 있는 돌은 그 개울 바닥에 있는 게 가
장 낫다는 게 평소 내 생각이다. 그걸 어기고 수수한 여
인상 같은 조약돌 하나를 업어 집으로 들이고 말았다.
가끔씩 눈도 주고 손도 주고 하지만 신경 끄고 지내는
날이 훨씬 많았다. 그런 날들이 이어지면서 그 돌을 그
자리에 다시 갖다 놓을까 싶기도 했다.

*

나의 권리, 내가 나일 권리, 내가 너가 아닐 권리가 있듯
이 돌의 권리, 돌이 금이 아닐 권리, 돌이 돌일 권리, 돌
이 있어야 할 곳에 있을 권리가 마땅히 있어야 했다.

너는 너대로 나는 나대로 살아야 할 권리가 있어야 하
듯이 이 세상의 모든 내가 이 세상의 모든 너를 함부로
할 수 없는 권리도 있어야 했다.

조약돌 하나를 집에 들이는 데도 세계의 시선과 호흡
이 요동친다.

전부다 사진, <시간을 뒹구는 돌>, 2013

파리와 거미

파리는 보이는 족족 잡아 죽이고 싶은데 거미는 그렇지 않다. 왜 그럴까? 파리는 지저분한데 들러붙는 데다 귀찮게 달겨들기까지 하니 그럴 것이고, 거미는 발자국 움직임이라도 감지되면 얼른 자리를 피하기 때문에 그럴 것이다. 생각하고 말 것도 없이 당신 같아도 눈앞에서 자꾸 성가시고 귀찮게 굴면 가만있겠는가. 11월 말 영하의 밤에 글을 쓰고 있는데 작은 거미 한 마리가 자꾸 서재가 있는 방바닥 한가운데로 오기에 A4용지에 담아 구석에 수차 갖다 놓아도 계속 방 한가운데로 온다. 한순간 방심한 사이 발바닥에 깔려 거미는 죽고 말았다.

파울 클레, <작은 세계>, 1914

어린 죽음

황사가 한국을 뒤덮은 오월의 일요일 밤, 연락 없던 친구에게서 갑자기 전화가 오고, 사고로 아이가 죽었다는 비보를 전한다. 그러면서 너는 취한 목소리로 정지용의 시 「유리창」을 말하더구나.

고흔 폐혈관이 찢어진 채로
아아, 늬는 산새처럼 날러 갔구나!

그러더니 내 목소리 들었으니 됐다며 곧장 전화를 끊더구나. 나는 아무 해줄 말이 없더구나. 내가 어찌 알겠는가? 어린 자식 잃은 부모의 마음을. 그들의 찢어진 심혈관을. 어제도 그저께도 그랬지만 오늘은 내가 해줄 수 있는 게 아무것도 없더구나. 내일도 그러하리라. 남의 죽음이 나의 죽음이 아니건만, 남의 죽음이 그저 남의 죽음만은 아닐 것이다. 어린 죽음은 더 그러하리라.

케테 콜비츠, <부모>, 1921~1922

이 세상 연인은

이 세상의 모든 연인들은 철드나 안 드나
모조리 아마추어들이어서 저것들 도처에
지뢰 매설된 땅에 겁도 없이 잘도 들어서더니
무서운 아이는 뭘 모르는 아이이고
뭘 모르는 아이이니 겁 없는 아이이고
기어코 헬멧도 없이 오토바이 타고 가다 골로 가기도
하는

이 세상의 모든 연인은
잠시 미친 인연이거나 지지리 악연이거나
가도 가도 초보들이어서 저것들 도처에
폭탄 갈등 잠복한 땅에 잘도 들어서더니
기어코 천하 웬수가 되어 갈라서기도 하는
갈라서기도 전에 골로 보내기도 하는

미치거나
뭘 모르거나
곧 미쳐버릴

연인은
인연은

에드바르 뭉크, <재>, 1894

나무와 나

한 세월 나무는 나의 생활과 같았다.
나무는 나의 깊이였으며 나의 높이였다.
나무를 좋아하게 된 특별한 계기 같은 건 없었다.
거기에 있는 그 사람처럼 네가 거기에 있었다.
너가 순전히 좋아서 너를 사랑하게 되자 너는 내게 시
를 가져다주었고 끼니를 대하듯 너를 찾게 되었다.
너를 아끼는 일이 나의 일상이 되었다.
하지만 온통 나무 생각으로 헐벗고 행복했던 날들은
이제 내 곁에 없다.
너를 좋아하던 사람은 다른 사람에게 갔고, 눈물을 떨
구듯 잎을 떨구던 날들 역시 지나가고 없다.
대신 그 자리에 불신과 회의, 격정과 분노 같은 게 들어
와 여러 날 머물렀다 겨우 물러나곤 한다.
인간처럼 뜨겁고 쓸쓸한 나무도 없을 테지만, 내 속에
너무 많은 인간이 들어와 있다.

그게 나를 망치고 있다.

이것은 내가 원한 풍경이 아니다.

한 세월 나무는 나의 추억과 같았다.

나는 나무의 깊이였으며 나무의 높이였다.

나무는 내가 쓸 수 없는 최고의 시였다.

빈센트 반 고흐, <아몬드 나무>, 1890

숲과 인간

이 숲으로 들어오기 전 피로가 나를 덮쳤다.

경제적인 피로와 정신적인 피로가 합세해 덮쳤다.

갈 곳이 병원 아니면 무덤.

무너지기 직전이었다.

상처받은 곳에서 상처를 치유하고 싶었으나 어림없는 소리.

이곳으로 들어오던 날 세속의 감정을 떼어놓느라 마음은 분주하게 움직였다.

그걸 나무들은 숨죽이고 지켜봤다.

애시당초 덕담 같은 건 바라지도 않는다.

굳이 화두가 필요하고 해탈, 열반이 필요하더냐.

크게 깨치겠다는 일념도 집념도 성가신 집착이거나 번뇌 망상일 뿐.

구스타프 클림트, <비치 그로브 1>, 1902

—살 오른 정적.

—눈부신 고요.

이것으로 충분하다.

어떤 낙원

인간은 말이 있고 나무는 잎이 있다.

인간은 거짓말이 있고 나무는 거짓잎이 없다.

나뭇잎이 말하듯 말하게 하여다오.
뿌리가 잎에게 말하듯 노래하여다오.

여기 잎이 되고 꽃이 되는 우주가 있다오.
물이 나무를 여행하면.
빛이 나무를 만나면.

나무는 아름다운 짐승처럼 거기 있구나.
피가 도는 짐승처럼.

너를 식물이라고 단정하는 동물들이 있더구나.

구스타프 클림트, <접근하는 뇌우>, 1903

자넨 식물이 아니야.

동물이지.

언제나 그 자리를 지키는, 거기에 있는 그 사람처럼, 최
고로 아름다운 동물이지.

입맞춤

언젠가 너에게 파묻혀 키스를 퍼부었었지. 옥상으로 가는 계단 위에서.

어둠 속 두 개의 등대를 껴안은 채, 우리는 돌아오지 않는 영원, 가버린 미래, 다시 없을 세계처럼 서로를 비추었다.

천상의 그리움을 발굴하고, 지상의 눈물을 굴착했다.

언젠가 마음 식은 날갯죽지 속에서 입맞춤은 가버리고, 남아 있는 하늘 새벽과 함께 눈송이에 덮인 겨울을 집어 심장을 데웠다. 폐를 환기했다.

키스에 파묻혀 생을 몰랐던, 지상으로 내려가던 계단을 까먹었던, 너는 나한테 없는 심장, 나는 금이 간 얼굴 광석.

그로부터 여러 해가 지나, 서츠기 찢어지는지도 모른
채, 나무에 기대 다른 입을 맞추었지.

프란체스코 하예츠, <키스>, 1859

비밀과 연인

무슨 일이 있어도 입을 열어야 할 때와 무슨 일이 있어도 입을 다물고 있어야 할 때가 빛과 그림자마냥 삶과 죽음 사이에서 어른거리고 있다.

무슨 일이 벌어져도 입을 쇠문처럼 닫아걸고 결단코 비밀을 사수해야겠다는 의지는 호시탐탐 발설하고 싶은 욕구와 힘겨루기를 하다 한순간의 방심과 예기치 않은 부주의로 허망하게 붕괴되고 만다. 그것은 마치 무슨 수를 써서 말리고 방해하더라도 기어이 수를 내 만나고야 마는 방도를 가진 연인들의 못 말릴 연정을 연상시킨다.

에곤 실레, <추기경과 수녀>, 1912

뒷모습

앞모습이 전부가 아니듯 뒷모습이 다는 아니다.
그러나 뒷모습은 결정적인 마음을 저 자신도 모르게
드러낸다.
심지어 목덜미가 말을 한다.

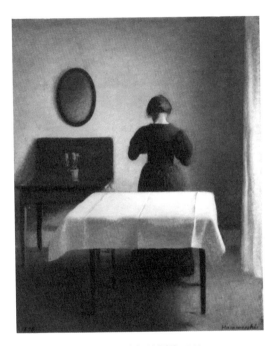

빌헬름 함메르쇠이, <실내장식>, 1898

아름답다는 말의 의미

세계가 오염으로 뒤덮여 있습니다.
세계가 아름다움에 포위돼 있습니다.

어느 손을 들어줘도 이상하지 않을 세상에서 오늘도
일생을 지나쳐 가듯 너를 지나쳐 가고.

언젠가 아름답다는 말의 의미에 대해 생각해봤었지요.
그건 내가 무장해제 상태에 있다는 걸 말하는 것이었
지요.

아름답다는 말은 잠시 넋을 놓은 상태, 내가 나를 넘어
선 세계에 도착한 희귀한 상태에 놓여 있음을 뜻하는
것이어서 아름다움을 온몸으로 받아들이는 순간은 무
방비 상태, 나는 무기를 들고 있지 않다는, 무기를 들
필요가 없다는 걸 의미하는 말이기도 했지요.

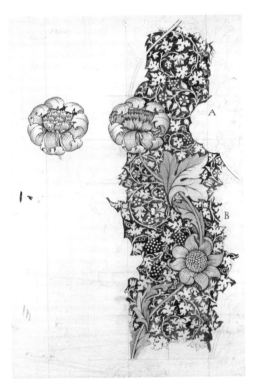

윌리엄 모리스, <Kennet>, 1883

그것은 누구도 간섭할 수 없는 희박한 순간이어서, 더 없는 순간이기도 하지요.

인간이 아름답다고 말하는 사람도 있지만 이 행성에 사는 한, 감당할 수 없는 말이기도 하지요.

세계의 아름다움 앞에서 여기에 있는 시간이 줄어들고 있습니다.

세계가 신비로 뒤덮여 있습니다.
세계가 눈물과 뒹굴고 있습니다.

삼십 년의 배웅

이십 대가 끝나가던 1990년대 초 어느 겨울밤 강릉에서 L 시인과 함께 S 시인을 뵈러 갔었다. 바둑도 한판 두고 캔맥도 마시다 자정 넘어 그 집을 나오게 되었는데, 나 같으면 "잘 들어가시게!" 하고 대문 닫고 들어갔을 텐데 S 시인은 그 야밤에 시골길을 한참 걸어 나와 우리를 배웅했다. 나는 적잖이 놀랐었다. 우리보다 한참 연장자인 그분의 사람 대하는 방식에 놀라지 않을 수 없었다. 그로부터 삼십여 년이 지난 2024년 1월, 간만에 그분과 함께 강릉서 차도 마시고 밥도 먹으면서 말을 나누다 그 밤 KTX를 타기 위해 강릉역으로 향하는 그분의 승용차 안에서 "선생님, 역 안까지 들어오시지 마시고 여기서 떨구면 됩니다." 했더니 기어이 주차하고 역 안까지 들어와 발차시간까지 기다리다 나를 배웅하고 가셨다.

삼십 년 전에 나를 배웅했던 사람은 삼십 년 후에도 나를 배웅하고 있었고, 나는 삼십 년 전에도 누구를 그렇게 배웅했던 적이 없었고, 삼십 년 후에도 배웅한 적이 없다는 사실을 곰곰 되뇌고 있었다.

존 앳킨슨 그림쇼, <달빛풍경>, 1870

여기에 있는 날들

죽음이 얼마 남지 않은 사람의 마음가짐으로 삶을 대한다. 그럴 수는 있겠으나 끼니 대하듯 항상 그럴 수 있겠느냐. 늘 그리할 수는 없으니 그런 마음가짐을 가지는 것만으로도 귀한 마음이리라. 문득 뒤돌아본 삶의 지난날에는 크고 작은 영광과 환희보다 주고받은 갖가지 상처, 서툴게 살아왔던 여러 부끄러운 날들과 지워지지 않는 비애, 반드시 갚아야 할 빚진 마음과 기필코 돌려받아야 할 빚이 오락가락한다.

손도 못 대고 흘러가버린 그 세월이 시간에서 한발 비켜선 채 나의 내면을 물끄러미 응시한다. 내 속의 내가 말한다. 입으로 먹고 살 줄도 몰랐고, 몸으로 때울 수도 없었고, 계산서 들고 움직일 줄도 몰랐다. 무능했고 천하 무능했다. 친화력은 제로에 가까워서 비사교적인 면과 비행사적인 면은 으뜸을 다투었다. 간혹 행사에 간 적도 있었으나 내가 있을 곳이 아니라는 적나라한 현실만 업은 채 쓸쓸하게 내 책상으로 돌아오고 말았다.

죽어가는 사람의 눈으로 세상을 본다. 삶이 얼마 남지 않은 사람의 시선과 호흡으로 세상을 대할 수 있을까. 그럴 수는 있겠으나 양치질하듯 늘 그럴 수 있겠느냐. 남아 있는 가을의 빛과 겨울의 여백을 찬찬히 가늠해 본다. 언제까지 지상에 머물 수 없는 사람이 언제까지 지상에 머물 것처럼 굴지만 지상에 머물 날이 조금씩 줄어드는 걸 피부로 새기는 날이 온다. 오기 전에 그곳을 가끔 가본다. 세월이여.

파울 클레, <비문>, 1921

숨넘어가는 소리

하루는 외지에서 술 마시고 그곳에 거주하는 선배의 아파트에서 일박을 하게 되었는데, 새벽 무렵 처음 듣는 기이한 소리가 술기운과 잠기운을 헤치고 점점 더 크고 선명하게 다가왔습니다. 그것은 숙취 상태의 잠결임에도 참으로 듣기 고약한 소리였습니다. 나중에 알았지만 선배의 노모가 극심한 천식 환자였던 겁니다.

사람 숨넘어가는 소리를 처음 들었던 건 증조모가 세상을 뜨던 초등학교 6학년의 어느 겨울 새벽이었습니다. 내가 아주 어렸을 적, 증조모는 말년에 한쪽 눈이 침침해 의원에게 침을 맞았다는데 그만 나머지 시력까지 상실해 내 초등학교 시절 내내 안방 아랫목에서 누워 지내야 했습니다. 집 귀퉁이에 있는 변소에 가려면 손을 잡고 가야 했는데 살에서 흰 비듬 같은 게 떨어졌습니다. 그게 닿는 게 싫었던 나는 증조모의 옷소매를

겨우 잡고 갔다 와야 했습니다. 실명하기 전 그녀의 등에 업혀 있던 더 어린 날의 나와, 무슨 영문인지 몰랐지만 서럽게 울던 그녀의 모습이, 너무도 먼 옛날의 그 기억이 오늘 지금 바로 이 순간의 일처럼 생을 적십니다.

월터 랭글리, <저녁이 가면 아침이 오지만 가슴이 무너지는구나>, 1894

생불生佛

P의 시 쓰는 친구 K는 딸이 셋이다. 애가 둘만 있어도 놀라는 세상인데 무려 셋이다. 그러니 P가 그를 함부로 막 대할 수 없는 건 당연하다. P의 시 쓰는 후배 H 역시 딸이 셋이다. 그가 P의 후배지만 P는 그를 예우할 수밖에 없다. 애 하나도 안 낳는 시대에 셋이면 모셔야 한다. 거주할 수 있는 생활공간도 주고 생활비도 지원해야 한다. 그러고 보면 애 대여섯을 거둬 살폈던 옛날 엄마들은 요즘 감각으로는 감당 못 할 철인들이었다. 말이 좋아 철인이지 헌신하는 사람들이었고, 헌신하는 사람이기 전에 골병드는 여자들이었다. 또 다른 시 쓰는 후배 L은 애가 넷이다. 그 말을 처음 들었을 때 P는 입을 다물지 못했다.

"셋도 아니고 넷이라고?"

멀리 가서 신을 구하고 숭고하게 부처 찾을 일이 아니다.
P는 그들을 신이라 부른다.

에곤 실레, <가족>, 1918

죽음

사람이 죽으면 죽었나보다 싶은 사람이 있고, 그래봤자 너도 죽는구나 싶은 인간이 있고, 여러 날 상실감 속에 파묻히게 하는 죽음이 있으며, 두고두고 되살아나는 죽음도 있습니다. 한밤중에 일어나 앉은 사람에게 "나, 여기 있네!" 하는 죽음도 있습니다.

어떤 사람이 죽으면 죽었나보다 싶은 사람이 있고, 아직도 안 죽었나 싶은 사람과 저리 뻔뻔하니 암도 안 걸리는구나 싶은 인간이 있는가 하면 두고두고 삶으로 입장하는 죽음이 있고, 세상 빛이 감소하는 죽음이 있습니다.

당신은 어떤 사람입니까?
그러기 전에 나는 어떤 인간입니까?

에드바르 뭉크, <병실에서의 죽음>, 1896

책 읽는 사람

책에 대한 환상을 품지 않는다
그러기 위해선 먼저 환상을 품어야 한다
환상이 깨지면 삶이 깨지고 깨지는 삶이 환상 아니던가

함부로 책 사지 않는다
그건 여러 번 사고 난 후의 일
그러고도 잘 안 고쳐지는 일
남의 말에 휩쓸리지 않는다지만
추천사에 끌리고
광고 문구가 너무 괜찮은 걸 어떡해
그 반대도 널렸지만

세평에 휘둘리지 않고 책을 고른다
그렇게 되기까지 헛수고와 고정관념 깨기는 기본

헬레네 세르프벡, <책 읽는 소녀>, 1904

질문하는 힘을 키우고
자신만의 글을 쓰는 사람을 찾아 나선다
그건 한참 후에나 가능한 일

열 번에 한 번은 산문집을 구입한다
스무 번째 책은 시집으로 한다
마흔 번째 책은 철학책으로 한다
도서관에서 빌려 보는 걸 마다하지 않지만
지갑 열고 구입한 책을 더 선호한다

맹신과 맹목은 나의 적이자 세계의 적
나를 불편하게 하는 언어도 마다하지 않는다

불경도 성경도
논어도 노자도
지상의 여러 말씀 중의 한 말씀

때때로
커피 한 모금도 절박한 말씀

쓸쓸함과 함께 마시는 술 한 잔은
비할 데 없이 간절한 말씀

종교가 따로 있겠는가
삶이 종교고

책이 따로 있겠는가
삶이 책이고
현실이 책이라오

가보지 않은 섬에 가듯
가보지 않은 책에 간다

가보지 않은 사람에게 가듯
가보지 않은 행성에게 간다

자주 책에 푹 빠져 지내지만
순간순간 책에서 빠져나온다
책 대신 나무를 읽는다

나무를 읽고 가는 시간의 잎새를 읽고
진눈깨비 내리는 겨울의 무게를 다시 읽는다
곧잘 겨울 파도를 따라가기도 한다
그걸로도 안 되면 대양에 파묻힌 해일을 찾는다

세상은 천국보다
지옥에서 조금 더 가까운 곳

해탈보다 탈脫 나는 현실이 값나가고
구원보다 끼니가 백배는 더 값어치 있는 법

먹은 것, 입은 것, 잠잔 것
그건 나를 일컫는 말

슬픔한 것, 고통한 것, 분노한 것, 읽은 것, 쓴 것, 보지
못한 것, 미지인 것
그거야말로 나를 일컫는 말

하나의 등대와 하나의 달과
하나의 서광과 하나의 극광

네게 할당된 시간은, 만약 네가 일 초를 잃는다면 이미 너의 전 생애를 잃었다고 할 만큼 그렇게 짧다. 왜냐하면 삶은 더 길지가 않고, 항상 오직 네가 잃어버린 그 시간만큼의 길이이기 때문이다.
—프란츠 카프카, 「변호인」, 이준미 옮김

오늘도 어제도 아니 닞고
먼 훗날 그때에 "닞었노라"
—김소월, 「먼 후일」

나는 그때
자작나무와 이깔나무의 슬퍼하든 것을 기억한다
—백석, 「북방에서」

영원은 절대로 삶보다 길지 않다.

—르네 샤르, 「입노즈의 단장 110번」, 심재중 옮김

헨드릭 윌렘 메스다그, <거친 파도 속의 등대>, 1900~1907

질문 없는 날들의 끔찍함

1

어릴 적 내가 다니던 학교의 교실 한쪽 벽에는 '하면 된다'는 말이 커다랗게 걸려 있었다.

어릴 적 내가 살던 마을에서는 '한국 남자는 군대 갔다 와야 인간 된다'는 말도 심심치 않게 들려 왔었다.

그런 줄 알고 살았다.

그랬는데,

군대에서 인간이 되기는커녕 쌍욕은 기본이고 갖가지 폭력을 수족처럼 달고 살았다.
온갖 못된 짓거리와 인간의 나약함이 군용 담배와 건빵만큼이나 가까이 있었다.

부조리가 한창인 곳이었다.

그걸 번개와도 같이 인식하기까진 제대하고도 한참의
세월이 흐른 뒤였다.

사회라고 다르지 않았다.

텃세 부리는 인간과
유세 부리는 인간과
갑질하는 인간이 식의주처럼 붙어 있었다.

2

만리장성 쌓던 시대에 태어나 노역병으로 끌려가 장성
쌓다 돌에 깔려 죽었을 수도 있었을 거라는 생각과,
2차세계대전이 한창일 때 독일에서 태어난 사람과 스
위스에서 태어난 사람의 운명과 숙명과 처지가 같을 수
없음에 대해 생각하는 날이 전무한 것은 아니다.

언제, 어느 나라의, 누구 집에서 태어났는가가 인생의
거의 대부분을 결정한다는 걸 인정하기까지 또 수십 년

이 걸렸다.

그렇다고 그걸로 끝인가?

삶은—

알브레히트 뒤러, <멜랑콜리아 1>, 1514

겸손함에 관한 또 다른 견해

착하게/선하게 살아야지 감옥에 갇히면

남한테 싫은 소리 하지/듣지 말아야지 감옥에 갇히면

어머니/아버지 말씀이니까 감옥에 갇히면

선생님/스승님/감독님 말씀이니까 감옥에 갇히면

국가/국민이라는 감옥에 갇히면

언론과 공권력이라는 감옥에 갇히면

학벌과 파벌과 인맥이라는 감옥에 갇히면

종교라는 감옥에 갇히면

자본이라는 감옥에 갇히면

지 듣고 싶은 말만 듣고/지 하고 싶은 말만 하는 감옥
에 갇히면

가르치려 들지 마라면서 가르치려 드는 감옥에 갇히면

내 자식이/내 배우자가 그럴 리 없어 감옥에 갇히면

피는 물보다 진하다 감옥에 갇히면

내가 해봐서 아는데 감옥에 갇히면

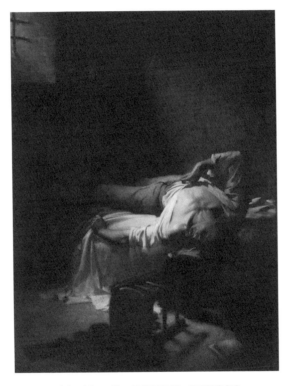

사이프리안 노르위드, <감옥에 갇히다>, 1860년대 추정

정의가 이긴다 감옥에 갇히면
천벌 받는다 감옥에 갇히면
내세라는 감옥에 갇히면
우리 같은 이웃인데 감옥에 갇히면
사내답다/여성스럽다 감옥에 갇히면
말과 언어라는 감옥에 갇히면
난 좋은 사람이야/착한 인간이야 감옥에 갇히면

나는 나라는 감옥입니다
나는 나라는 감옥을 쳐부수는 최전선입니다

치아 백정

P의 배우자 C가 치아 때문에 수도권에 있는 모 치과에 갔더니 이를 세 대나 뽑으라 하기에 정말 뽑아야 하는지 확인하러 (내키지 않았지만 할 수 없이) C의 친구 남편이 운영하는 치과에 갔더니 이를 뽑기는커녕 두 번 치료 하고 이십 년이 다 가도록 잘 쓰고 있다.

'신경치료'가 뭔지도 모르는 P가 스케일링 받으러 간 치과에서 뜬금없이 어금니를 씌우라고 하기에 (충치가 있다는 말도 없이, 충치가 신경을 침범해 신경치료를 해야 한다는 말도 없이) 알아봤더니 입에서 개 쌍욕이 튀어나왔다.

말이 '신경치료'지 '신경을 죽이는 치료'가 '신경치료'라는 걸 알고는, 저 비양심적인 말에 당했을 여러 사람들이 생각났다.

하마터면 허가 난 도둑놈들에게 치아만큼이나 중요한
생돈 갖다 바치고 고생할 뻔했다.

우선 '신경치료'라는 말부터 바꿔야 한다.

그러기 전에 조심들 합시다.
치아 백정들이 도처에서 성업 중입니다.

카라바조, <이 뽑는 사람>, 1608~1610

꼴값증

P가 오랜만에 J를 만났다. 젊은 날 J는 문학에 투신이라도 할 것처럼 갖은 건방을 떨며 독설을 퍼붓던 자다. 사람의 근본 기질은 잘 안 변하는 모양이다. 간만에 전화가 와 만난 그의 입에서 나온 말,

"요즘 난 문학 작품 안 읽어!"

그러더니

"요즘 뭐 문학 작품 볼 거 있나!" 한다.

(읽지 않으면 조용하나 있지.)

시집, 소설집이 쏟아져 나온다. 감당 불가다. 그중에 아주 조금 읽기 위해 조금 더 찾아 읽어야 한다는 마음이다.

파울 클레, <권리를 주장하는 사람>, 1939

읽지 않으면, 읽고 싶지 않으면 조용히 입 다물고 있어
야 한다.

남과 님

걸핏하면 "우리가 남이가!" 하면서 지지를 선동하는 무리가 있었다.

필요할 때가 되면 어김없이 나타나 "우리가 남이가!"를 외치는 사익 패거리들이 있었다.

그러자 시민 중 한 사람이 도발하듯 따져 물었다.

"그럼 우리가 남이지 님이냐!"

오노레 도미에, <변호사>, 1862~1879

니가 해봐!

P는 이날 이때까지 살면서 관제官製 매스 게임에 동원되거나 국군의 날 행사 같은 것에 불려 가 사역당하지 않은 것에 "운이 좋았을 뿐"이라며 지내는 비행사적이고 비사교적인 동물이다. 쌔가 빠지게 몇 달 동안 행사

존 싱어 사전트, <가스전>, 1919

연습하는 사람들과 달랑 몇십 분 동안 행사 보면서 똥
폼 잡다 거들먹거리며 사라지는 사람의 행위와 차이는
예나 이제나 쉬 사라지지 않는 불편한 심기, 악감정을
불러일으킨다.

여러 날 걸려 쌓은 돌담이 '맘에 안 든다'며 '다 허물고 다시 쌓으라'고 지프차 타고 나타나 지시하고 사라진 상관에게 하고 싶은 말,

"그럼, 니가 해봐!"

명령하는 사람에게 명령받는 사람이 하고 싶은 말이면서 하지 못하는 말,

"그럼, 니가 해봐!"

거기서 죽으면 개죽음이라고 그랬다.
병사들을 자신의 공명심과 영달과 출세의 부품쯤으로 여기는 계급장들은 달이 가고 해가 바뀌어도 자취를 감출 줄 모른다.

"공격 앞으로!" 명령하는 인간과 "공격 앞으로!" 명령당하는 인간에겐 넘을 수 없는 간극, 쉬이 허물 수 없는 벽이 존재한다.

현실의 한 종류

햇빛은 흑백햇빛.

사표를 써야겠는데 막상 갈 데가 없어서 오늘 내일 하는데, 알아서 회사가 목을 쳐줬다. 앞날 같은 건 웃기지도 않았다. 기어 나오지 못하도록 암흑으로 처발랐으니까!

회사 안에 있어도 밖에 있어도 대개 딴 데 가 있었다.
갈 곳은, 가 있어야 할 곳은 가 있어야 할 데가 없는 곳.

그곳에서 시를 썼다. 원하는 시가 오지 않았다. 시라고할 수 없는 걸 들고 앉은 저녁의 책상이 쓸쓸해지다 막막해지다 캄캄해졌다. 젊은 날에도 자주 캄캄해져서별을 헤치듯 어둠을 파헤쳤다. 어둠 속에서 불안과 두려움을 껴안은 채 암흑을 껴입었다.

가까스로 어둠 속에서 노래를 뚫었다.

쓸쓸하게 쓰라렸고, 쓰라리게 쓸쓸했다.

과거에 있어도 미래에 있어도 나는 늘 여기에 있었다.
여기는 이해받을 수 없는 사회.
여기는 알아서 죽어야 하는 사회.

변호사 친구도 한 명 없이, 의사 친척도 하나 없이, 그 널린 짭새 동무도 하나 없이, 그 흔해 빠진 멘토도 없이 무르팍에서 무르팍으로, 호흡에서 호흡으로, 발자국에서 핏자국으로, 덤 없이, 아부와 아첨 없이 지금을 걸고 지금의 사랑에게 간다. 지금을 업고 있는 죽음에게 간다.

이날 이때까지 풀리지 않는 궁금증 하나?
그 많던 인간들이 하루아침에 다 어디로 갔냐는 거다.

위로 없는 세계에서 위로 없이 산다.

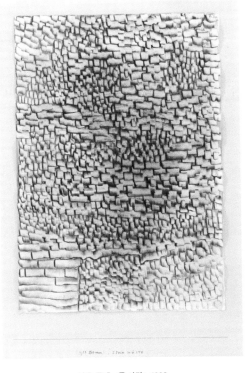

파울 클레, <돌 사막>, 1933

뻔뻔한 놈들의 세계사

그들이 얼마나 뻔뻔한지 그들 중 누구도 암 걸려 죽었다는 소식이 없다.
그들이 얼마나 철면피인지 "애네들은 안 되겠다!"며 암도 피해 다녔다는 후문이다.

뻔뻔한 놈들이 세계사를 지 맘대로 주무르게 한 일말의 책임은 일개 개인인 P에게도 있다.

오노레 도미에, <입법부의 배꼽>, 1834

인간의 한 종류

1

1985년 가을에 입대해 신병훈련소를 거쳐 자대 배치받아 간 중화기 중대에는 고교 후배(○○환)란 놈이 고참으로 있었다. (1986년 팀스피리트 훈련 때 남한강 도하 작전 하면서 고참이랍시고 길길이 날뛰며 나한테 개 쌍욕을 퍼붓던 놈이다.)

1987년 그가 말년휴가 나갈 때, 강릉 내 집에 들러 돈 좀 받아오라고 부탁했었다.

2

제대한 어느 날, 어머님이 "휴가 나온 니 후배한테 돈 보냈는데 받았나?" 하시기에 머리에 번개가 치는 것을 억누르며 받았다고 거짓말했다.

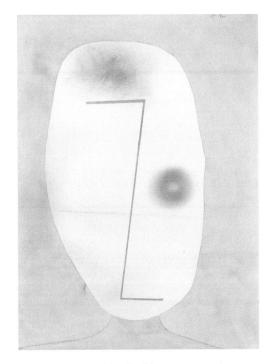

파울 클레, <머리>, 1933

3

그로부터 27년이 지난 어느 날, 내가 낸 책을 보고 알았다며 이놈의 전화가 왔었다. "기회를 주겠다. 이자까지 쳐서 떼먹은 돈 갚으라" 했더니 "그런 일 없습니다" 며 서둘러 전화 차단하고 찌그러졌다.

—뭐, 반가워서 전화했다나?

(독자들도 눈치 챘겠지만)

나는 이 새끼가 왜 전화한 줄 안다.

4

인편에 돈 보내고 기별 전한 옛날 사람들은 어떻게 살았을까?

복수의 방식

페어플레이를 하지 않으면
언젠가는 보복한다
P는 그런 마음으로 살아간다

뒤끝의 방식이 삶의 방식이므로
보복과 복수는 그의 첫째 미美

주고받는 보복의 매력으로
망각할 수 없는 복수의 매혹으로
시간은 살이 오른다

복수의 방식이 삶의 방식이라고 말하는 그가
그 어린 옛날
무슨 연유였는지 그의 동생을 두들겨 팼는데
그는 까맣게 잊고 살았는데

그는 하얗게 잘도 잊고 살았는데
수십 년이 지난 어느 저녁
너는 불쑥 그걸 말하더구나
맞은 사람이 되어
문신이 되어
피의 기록이 되어
때린 사람을 기억하고 있더구나
때린 사람을 소환하더구나

기억을 불러내는 순간
맞은 사람이 어디 가지 않듯
때린 사람도 어디 가지 않더구나

페어플레이를 하지 않으면
언젠가는 보복당한다
P는 그런 마음으로 죽어간다

복수당하는 방식이 그의 방식이므로

한 번 금이 가면 평생 금이 가고
한 번 맞은 사람은 평생 맞고 있고
한 번 상처받은 사람은 평생 상처받는다

이런 사건은
한 번 말하면 평생을 말하게 된다

아르테미시아 젠틸레스키, <회화의 알레고리로서의 자화상>, 1638~1639

아름다운 복수

복수는 아름다워야 한다
살아가는 삶을 향하여
지나갈 미래를 위해서

복수는 정확해야 한다
지금의 나를 말하기 위해서

네가 한 그 말 때문에
나는 여러 날 삶을 이어갔다
복수하고 싶었기 때문이다

네가 한 그 짓 때문에
두고두고 날짜가 구겨지고 짓밟혔다
참수하고 싶었기 때문이다

매장하고 참수한다고 끝나는가
언젠가는 죽음이 삶을 무찌르려
땅을 뒤엎고 복기할 것이다

내가 한 그 말 때문에
네가 찢어졌다는 것을
나는 까맣게 모르고 살았다

내가 한 그 행동 때문에
네가 두고두고 짓밟혔다는 것을
훗날에 기별 받았다
나를 처벌하고 싶었다

우리가 한 말과 행동 때문에
우리는 지치지 않고
서로를 파고들고
서로를 파헤치며
서로를 파묻었다

그러고도 빛나는 삶이었다
활력이 사라지지 않았다

복수는 눈부셔야 한다
어제와 오늘과 내일을 위해서

복수는 철저해야 한다
지금의 나를 향하여
돌아오지 않을 너를 위해서

복수의 방법이 삶의 방법이 될 때까지
복수는 아름다워야 한다
아름답기 전에 처절해야 한다

아르테미시아 젠틸레스키, <홀로페르네스의 목을 베는 유디트>, 1620

듣기의 어려움

내 말하기의 어려움만큼이나 남의 말 듣기의 어려움이 막강하다. 게다가 남의 말이 충고나 쓴소리일 때는 더 그렇다. 쓴소리라도 한마디하면 그걸 온전히 받아들이는 사람은 거의 없어 보이고, 듣는 척 시늉이나 하거나 "니가 나를 가르쳐!" "니가 나를 씹어!" 하는 표정으로 금세 얼굴이 굳는다. 사람들은 다 지 좋다거나 칭찬하는 말을 듣고 싶어 하지 바른말을 듣고 싶어 하지는 않는다. 말을 하는 사람이나 말을 듣는 사람의 위계와 정치적 사회적 경제적 위상이 클수록 더하다. 직간접적으로 보복이라도 당하지 않을까 듣는 척이라도 해야 한다. 친한 친구나 가까운 사이일지라도 바른말이나 쓴소리했을 때 그들의 표정을 생각해보라. "그런가!" "그렇지!" "그래—" 호응하는 듯한 그 눈빛과 얼굴 표정 뒤로 어둠이 들썩이는 것을 보게 되지 않던가. 사람들은 새겨들어야 할 쓴소리에 겉으로는 태연한 척하고 있을 지라도 속으로는 쓰린 속을 달래지 못해 안달복달한다.

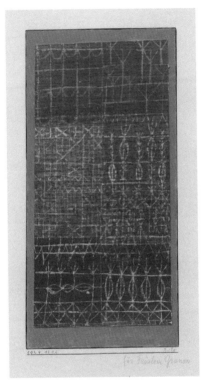

파울 클레, <커튼>, 1924

얼굴 속의 얼굴

사람의 눈은 얼굴 속의 얼굴 같은 것이어서 그 사람의 내면이 드러나는 최전선이다. 속이려 해도 속일 수 없는 그 사람의 속내가 드러나고, 속내를 드러낸다. 표정 관리해도 눈동자 속 미세한 흔들림조차 감출 수는 없으리(복면을 하거나 선글라스를 쓰면 눈빛의 표정을 알아차리기 어려워진다. 맨얼굴의 입장에서 보면 반칙이다). 건방진 말 같지만 그 사람 손가락 모양이나 장딴지의 생김새만 봐도 그 사람 영혼의 각질이 느껴지는데, 읽기 힘들어서 그렇지 그 사람의 얼굴과 그 얼굴 속의 눈빛은 그 사람의 자취와 발자취, 심지어 도래할 미래까지 내장한 세상으로 보기에 부족함이 없어 보인다고 말하면 과장일까. 사람들의 눈에는 빛이 일렁이듯 어둠이 출렁인다. P가 마주한 사람들 대부분은 두 번 다시 볼 일 없이 스쳐 지나갔으나 어떤 눈빛은 비교 불가의 독자성을 지닌 채 광채를 내뿜고 있었고, 일생의 유일

요하네스 페르메이르, <진주 귀고리 소녀>, 1665~1667

무이한 날씨처럼 심연을 파고들어 오래 남았다. 그것은 나와 너의 암흑을 연결하는 한 줄기 서광 같았다.

나는 너라는 빛에 꿰였다.

돌이킬 수 없는 시간의 눈빛이여. 눈빛의 시간이여.

사람 보는 눈

파울 클레, <꽃의 발걸음>, 1934

어떨 땐 내가 너무 고압 상태여서 본의 아니게 내상을
입게 되는 지경이어서 마음가짐은 너를 불질러버리거나
알코올로 나를 녹여 폐인이 되도록 하는 것 외에는 다
른 방도가 없을 것이어서 사람이니 그럴 수 있다 해도

사람이 한 짓과 일에 불과하다 할지라도 자책과 책망에서 마냥 홀가분해질 수 있는 것은 아니리라. 그가 그런 인간인지 몰랐다고 말하지만 그가 배신하거나 변절했다기보다 그 자신 속에 납작 엎드리고 있던 권력욕과 물욕이 때를 만나 발기 발광한 것이라는 데 이르면 내 속에 뭐가 들어 있는지 나로 모르는 판에 네 속에 뭐가 들어 있는지 어찌 안다고 함부로 말할 수 있으리오. 부모형제조차 그 속을 알 수 없으니 친구와 애인은 말해 뭐하리오. 사람 보는 눈 죽을 때까지 키워야 하리라. 죽을 때까지 키워도 안 되는 것은 안 되는 것이리라.

굴뚝

솔직히 그 밤에 너에게 부탁하지 않은 건, 나갔다 올 때 바닐라 들어간 아이스크림을 사 오라고 하지 않은 건, 그거 사러 갔다 사고가 나면 견딜 수 없이 날 책망하게 될까 봐서였지.

눈도 오고 비도 오는 날 마트 들러 카프리 맥주 좀 사 오라고 말하기 주저했던 건, 그걸로 인해 혹 사고라도 나면 그 자책을 일생 내내 감당하기 두려워서였지.

끊었던 담배 생각이 피부를 뚫고 새싹처럼 몰려나오던 밤, 퇴근길에 들러 담배 좀 사 오라고 문자 넣지 않은 건, 그걸로 인해 사고가 나면 자책과 죄책 속에 뒹굴 나의 뒷날을 감당할 수 없게 될까 봐서 그랬었지.

내심과 속마음은 굴뚝같았지만, 하여간 그랬었지.

너에게 글 부탁을 하지 않은 건, 언젠가 내게 글 청탁을
할까 봐서였지.

세상에 공짜가 없어서 더 그랬지.

하여간 난 요즘 그렇게 살아.

네게 부탁하지 않은 건 너를 위해서가 아냐.
두고두고 나를 대면하기 두려워서였지.

주체할 수 없는 내 이기심 때문에 그랬었지.

난 그런 사람이야.

카를 위너, <달밤>, 1942

나의 과오

그 책을 내는 게 아니었다. 얼굴에 색칠한 책. 내 맘대로 할 수 없었던 책. 비사교적이고 비행사적인 내가 행사에까지 참석하고 수작에 놀아난 나를 두고두고 꺼내 보게 한 책. 사교 모임에 들러리 서는 것도 모르고, 몰랐다 해도 그건 내 태도의 일부고 과오는 절반 이상 나의 과오라오.

그 책을 내는 게 아니었다. 두고두고 후회를 덮어쓰게 된 책. 구역질나는 필자 선정. 정신에 색칠한 책. 혼자 놀지 못한 책. 두고두고 심장을 꺼내 들게 한 책. 그때 왜 그런 짓을 하고 그때 왜 그런 말을 했을까 그러지만 그건 그런 내가 내 속에 도사리고 있다 기어 나온 거야. 내 속에 도사리고 있는 나의 또 다른 무리들은 때만 되면 뛰쳐나오려고 기회를 엿보고 있었던 거야.

에곤 실레, <꽈리열매가 있는 자화상>, 1912

씻을 수 없는 씻기지 않는 나의 과거는 나의 과오. 미래의 얼룩. 내가 나를 다시 읽으면서 나를 조금이라도 있는 그대로 보게 되면서 하루를 다르게 살게 되었고 질문을 기르기 시작하면서 이틀을 구하며 살게 되었다. 피아 관계없이 배로 갚아줘야 할 선행이 있고 몇 배로 보복해야 할 위선이 있다오. 시민보다 나을 게 없는 시인이 있다오.

필사하던 시대가 찍어내는 시대가 되고, 찍어내는 시대가 퍼 나르는 시대가 되어도, 널린 게 글이고 깔린 게 책인 시대가 되어도 과거가 될 수 없는 나의 과오. 나의 글쓰기 행동. 남을 발가벗기기 전에 나부터 발가벗어야 했고, 나를 직시하는 용기 이전에 나를 해부하는 용기가 필요했다오.

과거는 끝난 게 아니고 줄 서 기다리고 있다오. 과거는 흘러가지 않고 두고두고 흘러온다오. 과거는 두고두고 미래를 침략한다오.

지금 이 시를 쓴다면

…최악을 다하겠습니다

답변기계들처럼
답변기계들처럼
말끝마다
…최선을 다하겠습니다
…최선을 다하겠습니다
악수기계들처럼
악수기계들처럼
말끝마다
…최선을 다하겠습니다
…최선을 다하겠습니다
운동기계들처럼
운동기계들처럼
말끝마다
…최선을 다하겠습니다

…최선을 다하겠습니다
뭐, 이런
개 대가리들이 다 있나!

지금은 말 잘하는 운동선수들을 심심치 않게 볼 수 있지만 1980년대, 90년대 울나라 운동선수들에게 마이크 갖다 대면 몇 마디 하나 마나 한 소리 하다 하나같이 하는 말이 "최선을 다하겠습니다!"였습니다.

2007년에 출간한 시집 『견자』에는 「…최악을 다하겠습니다」라는 시가 있습니다. 이 절판된 시집을 2024년 개정 복간하면서 기존 시집에 있던 시편들은 어느 것 하나 손대지 않았습니다. 다시 이 시를 읽어보니 개를 비하하고 차별한다는 소리를 들을 수도 있겠다 싶고, 부끄러움 같은 것도 스멀거려 이 시의 마지막 구절을 고치고 싶은 마음이 컸으나 그대로 뒀습니다. 이 시를 쓸 당시의 내 의식은 "개 대가리"를 별 거리낌 없이 쓸 수 있었는지 모르나 지금은 그렇게 함부로 쓸 수 없을 뿐더러 내게도 13년째 같이 살고 있는 동동이라는 개가 있어 더 그럴 것입니다. 개와 같이 살지 않는다고 하더라도 동물에 대한 나의 감정과 인식이 내가 나와 인간과 세계와 세상에 대한 감정과 인식처럼 그때와 지금이 같을 수가 없겠습니다. 이 시의 마지막 구절을 지금 쓴다면 어떻게 쓸까? "인간 대가리들이 다 있나!"거나 "마이크들이 다 있나!"로 쓰지 않을까 싶습니다.

"생각이 언어를 타락시킨다면, 언어 또한 생각을 타락시킬 수 있다."(「정치와 영어」, 이한중 옮김)고 말한 사람은 조지 오웰이었습니다.

브리튼 리비에르, <망자를 위한 기도>, 1888

이변

가축들이 가축처럼 죽어간다.
사람들이 가축처럼 죽어간다.
가축들이 사람처럼 죽어간다.

동물이든 식물이든 나 아닌 남의 죽음이라는 희생 없이는 단 하루도 삶이 굴러가지 않는다. 남의 죽음을 먹고 입고 자고 쓰면서 이 삶은 굴러간다. 네 죽음 없이는 내 삶이라는 기적도 불가하다.

이변의 연속이다.

아무 망설임도 거리낌도 없이 닭 모가지를 비틀어 죽이던 소년은 풀을 밟으면 풀이 아플 거라는 인간이 되어 있다.

오귀스트 쉥크, <고뇌>, 1876~1878

짐승처럼

짧은 봄
더 짧은 가을

한 나무에서 와
각자 떨어지는 나뭇잎들

많은 사람들이 떠나갔고
또 떠나가겠지만

여기에 있는 여전한 살아 있음의
목소리와 눈빛 속에

네가 가면
나는 이 가을을 파묻고
짐승처럼 겨울 적요寂寥를 파헤치리라

에곤 실레, <가을 나무>, 1911

사람 생각

머릿속이 나무 생각으로 가득했던 적이 있었습니다.
온통 이성異姓 생각으로 그득했을 때처럼 말입니다.

그랬었는데,

지금은 그 자리에 써야 할 시 생각으로 가득합니다.

머릿속이 파도 생각하는 것만으로도
파란 물결 위로 서핑하듯 흰 파도가 밀려오는 동해를
염원하는 것만으로도
온몸에서 파도 내음이 땀구멍으로 분출할 것 같은 그
때가 있었습니다.

그랬었는데,

머릿속이 사람 생각, 인간 생각으로 그득합니다.
이건 아니다 싶었지만 사람과 인간은 진드기마냥 인생
에 들러붙어 있어
떨쳐내기 어려웠습니다.

헬레네 세르프벡, <자화상>, 1912

새해 인사

어떤 옛날 노래를 듣고 있으면 손도 못 대고 놓쳐버린
지난날이 순식간에 지금을 뒤덮어 회한과 허무와 함께
남아 있는 생의 날짜를 들여다보게 되더군요.

그것은 돌이킬 수 없이 들이닥치고 솟구치는 시 같은
것이기도 하고요.

그럼에도
또 하루하루를 살러
일 년을 떠납니다.

빈센트 반 고흐, <론강의 별밤>, 1889

삶이 하는 일

내가 없을 때도
세상은 잘 돌아가지.
섭섭하게 잘 돌아가지.
하지만 누가 뭐래도
내가 살아 있을 때가 세상이야.
절망도 내가 있을 때의 절망이고
희망은 그대가 있을 때의 희망이지.
다시 태어나면 사람으로 태어나지 않도록
인간이라는 범죄로 태어나지 않도록
이번 삶에 유한 무한 다 주고 가야지.
내가 없어도 무슨 일이든 일어나겠지.
세상은 너무너무 잘 굴러가겠지.
그래서 그대가 있을 때 시간을 체포할 거야.
인간의 시간 너머 있는 미지와 영원을 붙들 거야.
내가 없을 때처럼

그대가 없을 때도 세상은 잘 돌아가겠지.
우주가 우리를 위해 있지 않듯이
세상이 우리를 위해 돌지는 않아.
그래도 나와 너는 세상과 우주의 일원이야.
그건 변함없는 사실이지.
누가 뭐래도 내가 있을 때처럼
그대가 있을 때가 세상이야.
알아주지 않아도
인정해주지 않아도
우리는 살아가.
다 잊을 때까지
다 잊힐 때까지
살아갈 수 있게 살아가.
나머지는 소등, 그리고 별빛 먼지.
나머지는 어둠, 그리고 성운.

그리고 노래를 불러야지.

무슨 일이 일어날지 알 수 없는 이 삶의 노래를.

극미 감정 다발 전신 방열 폭죽 동물의 노래를.

달아실에서 펴낸 박용하의 책

시집 『26세를 위한 여섯 개의 묵시』(2022)
시집 『이 격렬한 유한 속에서』(2022)
시집 『저녁의 마음가짐』(2023)
동 시집 『여기서부터 있는 아름다움』(2023)
산문집 『위대한 평범』(2024)
시집 『견자』(2024)

감정 많은 사람

1판 1쇄 발행	2025년 2월 20일
지은이	박용하
발행인	윤미소
발행처	(주)달아실출판사
책임편집	박제영
편집위원	김선순, 이나래
디자인	전부다
법률자문	김용진, 이종진
주소	강원도 춘천시 춘천로 257, 2층
전화	033-241-7661
팩스	033-241-7662
이메일	dalasilmoongo@naver.com
출판등록	2016년 12월 30일 제494호

ⓒ 박용하, 2025
ISBN 979-11-7207-044-1 03810

이 책의 일부 또는 전부를 재사용하려면 반드시 저작권자와 (주)달아실출판사
양측의 동의를 얻어야 합니다.
* 잘못된 책은 구입한 곳에서 바뀌드립니다.
* 책값은 뒤표지에 표시되어 있습니다.